EL CHAVO™

Un Am… / A ROBO…

Adaptado por Sonia Sander

SCHOLASTIC INC.

Ñoño y Quico competían con sus robots de control remoto en el parque.
-¿Por qué no me dejan jugar con ustedes? -preguntó el Chavo.

Junior and Quico raced their remote-controlled robots around the playground.
"Why don't you let me play with you?" asked Chavo.

-¡Vamos a divertirnos! -dijo Ñoño riendo.

-¡Atrapémoslo! -gritó Quico.

Los chicos enviaron sus robots tras el Chavo.

"Let's have some fun!" said Junior with a laugh.

"Get him!" shouted Quico.

They sent their robots after Chavo.

Los robots persiguieron al Chavo dando círculos.
–¡Órale! ¡Ya me mareé! –gritó el Chavo–. No quiero jugar más.

The robots chased Chavo in circles.
"Stop it! I'm dizzy!" said Chavo. "I don't want to play anymore."

Pero los amigos del Chavo querían seguir jugando.
-¡Que no se escape! -dijo Ñoño.
-¡Yo lo capturaré! -dijo Quico.

But Chavo's friends still wanted to play.
"Don't let him escape!" said Junior.
"I'll capture him!" said Quico.

El robot de Quico se convirtió en una camioneta y salió disparado detrás del Chavo.

Quico's robot turned into a truck and ran after Chavo.

La camioneta le dio un paseo alocado al Chavo por todo el parque.
-¡Paren esta cosa! -dijo el Chavo-. *¡Ayyyyy!*

The truck took Chavo on a wild ride through the park.
"Stop this thing!" Chavo said. *"Ahhhhh!"*

El Chavo salió volando de la camioneta. Comenzó a dar vueltas. ¡No podía parar!

Chavo flew off the truck. He flipped over and over. He couldn't stop!

De pronto, un brazo atrapó al Chavo.

All of a sudden, an arm grabbed Chavo.

¡El brazo pertenecía a un robot de verdad!

–¡Gracias! –dijo el Chavo.

–Hola, yo soy XX-33. Estoy aquí para lo que se le ofrezca –dijo el robot.

The arm belonged to a real robot!

"Thank you!" said Chavo.

"Hello, I am XX-33. I am at your service," said the robot.

—¿No es maravilloso mi nuevo XX-33? —preguntó el inventor del robot—. Puede hacer muchas cosas. ¡Tiene una aspiradora integrada, una máquina de lavar y hasta rayos láser!

"Isn't my new XX-33 wonderful?" asked the robot's inventor. "It can do so many things. It has a built-in vacuum, washing machine, and even laser beams!"

El inventor les prestó el XX-33 a los chicos.
–¡Te lo encargo, Chavo! –dijo el inventor.

The inventor let the friends borrow XX-33.
"Take good care of it, Chavo," said the inventor.

Los amigos probaron las habilidades de XX-33. El robot podía batear seis pelotas de béisbol a la vez.

–¡Pero estos no los vas a *cachar*! –dijo el Chavo lanzándole varios juguetes a XX-33.

The friends tested the robot's skills. XX-33 easily hit six baseballs at once.
"I bet you can't catch these!" said Chavo as he launched several toys at XX-33.

XX-33 atrapó los juguetes antes de que golpearan al Sr. Barriga.

XX-33 caught the toys just before they hit Mr. Beliarge.

-¡Increíble, un robot de verdad! -dijo el Sr. Barriga-. Dame el control, Chavo. Este robot debería ser el mayordomo de la vecindad.

"Wow, a real robot!" said Mr. Beliarge. "Give me that control, Chavo. This robot should be the neighborhood butler."

Los adultos se pusieron a pelear por el robot.
–¡Yo tengo el control! –gritó el Sr. Barriga.

The grown-ups fought over the robot.
"I have the control!" shouted Mr. Beliarge.

—¡No pueden usar el robot! —exigió el Chavo—. ¡Me lo encargaron a *mí*!
Pero nadie le puso atención.

"You can't have the robot," demanded Chavo. "It was loaned to *me*!"
But no one listened.

–¿Por qué no nos turnamos? –dijo el Sr. Barriga.
Los adultos pensaron que era una muy buena idea.

"Why don't we take turns?" said Mr. Beliarge.
The grown-ups thought that was a very good idea.

Los adultos mantenían a XX-33 tan ocupado que comenzó a soltar chispas y a fallar.
XX-33 repartía las cartas, pero en lugar de ponerlas en el buzón, las tiraba por las ventanas... ¡rompiéndolas!

The grown-ups kept XX-33 so busy that it sparked and glitched.
XX-33 delivered the mail. But instead of using the mailboxes, XX-33 threw the letters through the windows . . . and broke them!

Cuando XX-33 pintó el patio de la vecindad, pintó también a un niño que se cruzó en su camino.

Then, when XX-33 painted the courtyard, it also painted a child who walked by.

El Chavo y sus amigos hicieron un plan para recuperar a XX-33.
-El control remoto de XX-33 es igual al control remoto de mi robot de juguete
-dijo Ñoño-. ¡Los podríamos intercambiar!

Chavo and his friends came up with a plan to get XX-33 back.
"XX-33's remote control looks just like the one from my toy robot," said Junior. "We can switch them!"

El Chavo se metió a la casa de don Ramón. Intercambió los controles remotos mientras don Ramón dormía.

Chavo snuck in to Mr. Raymond's house. He swapped the remote controls while Mr. Raymond slept.

Luego, el Chavo le dio órdenes nuevas a XX-33.

–Nueva orden recibida –dijo XX-33–. Ahora estoy programado para obedecer solamente a niños.

Then Chavo gave XX-33 new orders.

"New order received," said XX-33. "I am now programmed to only obey children."

El Chavo y sus amigos comenzaron a pelear por el control remoto, que salió volando por el aire y aterrizó en un fregadero lleno de agua. ¡Las chispas que soltó le dieron a XX-33!

Soon Chavo and his friends were fighting over the remote control. It flew through the air and landed in a sink full of water. Sparks flew and hit XX-33!

XX-33 se dañó. En lugar de seguir órdenes, ¡comenzó a lanzar rayos láser por todas partes!

–¡Destrucción! –dijo XX-33.

–¡Sálvese quien pueda! –dijo Ñoño.

XX-33 was broken. Instead of listening to orders, it shot laser beams everywhere!

"Destroy!" said XX-33.

"Run for your lives!" said Junior.

A los adultos se les ocurrió un plan para apagar a XX-33. Empujaron al robot a la fuente.

The grown-ups came up with a plan to shut down XX-33. They pushed the robot into the fountain.

Pero XX-33 no se apagó. ¡Salió de la fuente más aterrador que antes!

 But XX-33 didn't shut down. It came out of the fountain even scarier!

Por suerte, el inventor apareció justo a tiempo para ayudar.
–¡Ay, no! –dijo el inventor–. Parece que el interruptor "malo" de XX-33 se encendió.
El inventor cambió el interruptor de posición a "bueno".

Luckily, the inventor came back just in time to help.
"Uh-oh," said the inventor. "Looks like XX-33's 'bad' switch got turned on."
The inventor flipped the switch back to "good."

El patio de la vecindad era un desastre después de la aventura con XX-33.
—¡No se preocupen, XX-33 los ayudará a limpiar! —dijo el inventor.

The courtyard was a mess from the adventure with XX-33.
"Don't worry, XX-33 will help you clean up," said the inventor.

¡XX-33 ayudó lanzando pelotas a los adultos hasta que *ellos* terminaron todo el trabajo!

—¡Eso no ayuda! —dijo el Sr. Barriga.

—¡A *nosotros* sí! —dijo el Chavo riéndose.

XX-33 helped by throwing balls at the grown-ups until *they* did all the work!

"That's not helping!" said Mr. Beliarge.

"It's helping *us*!" Chavo said with a laugh.

31901062599479